LA CAIDA DE LIMA

APOCALIPSIS

Z

Rafael González-Otoya B.

RD EDITORIAL

CRÉDITOS

La civilización ya no existe. No hay internet. Ni televisión. Ni celulares. Ya no hay nada que te recuerde que eres un ser humano. El Apocalipsis ha empezado. Y Lima también ha caído.

La caída de Lima - Apocalipsis Z
ISBN: 978-612-46591-3-3

Editado por
RD TECNOLOGIAS Y SERVICIOS SAC para su sello editorial
RD Editorial
Avenida Julio Bayletti 470. San Borja. Lima. Perú
email: libros@rdservicios.com
Proyecto Editorial: 31501301601493

Versión digital: Amazon.com
Versión Impresa: Impreso por On-Demand Publishing LLC
CreateSpace (an Amazon Company - impresión bajo demanda)
100 Enterprise Way. Suite A200
Scotts Valley, CA 95066. Estados Unidos

Hecho el depósito legal en la Biblioteca Nacional del Perú
Nº 2016-18059 (de la versión impresa)

Primera edición: Enero 2017

EDITORIAL

INICIO

Y esta será la plaga con que herirá Jehová a todos los pueblos que pelaeron contra Jerusalén: la carne de ellos secorromperá estando ellos sobre sus pies, y se consumirán en las cuencas sus ojos, y la lengua se les deshará en su boca.
Zacarías 14:12

Y en aquellos días los hombres buscarán la muerte, pero no la hallarán; y ansiarán morir, pero la muerte huirá de ellos.
Apocalipsis 9:6

CAPÍTULO 1

AL FIN EN LIMA

No puedo creerlo. Llevo una semana en Lima y aún no puedo creerlo. Yo he nacido en Lima, Perú, pero por circunstancias de la vida me auto-exilié en España. En ese momento España tenía para mi grandes ventajas por su auge económico y lo barato que son las matrículas de las universidades allí, así que pude irme a estudiar tranquilamente a España. Aunque en Perú había estudiado Ingeniería Industrial, en España me había dedicado, a nivel de estudios y laboral, a la informática. Para los que ya utilizábamos Internet antes de que se desarrollase el protocolo HTTP, la evolución de la informática ha sido básicamente una evolución en los paradigmas de cómo enfrentarse a un proyecto de desarrollo informático y la sintaxis de los nuevos lenguajes. Sin embargo, en lo más básico, pese a todo el desarrollo sigue siendo lo mismo: modelizar el mundo real y crear los algoritmos necesarios para solucionar un problema.

Por suerte, mientras trabajaba en España, a mi empresa le había salido un proyecto internacional bastante grande que se desarrollaría en Perú y me permitiría estar 18 meses pagados, con salario español, viviendo nuevamente con mis padres. Iba como experto en Internet, aunque el realidad el proyecto era de telecomunicaciones y la parte de Internet era sólo una parte del proyecto total.

Vivir en casa de mis padres tiene muchas ventajas: la ropa esta siempre planchada (ya se encarga una empleada de hacerlo) y como aún soy "medio-visitante" (el concepto español de volver a "casa de mis padres" es genial para explicar cómo me siento viviendo en casa de mis padres) mi padre no deja de complacerme en todo, incluyendo a la comida. Sin contar, claro, que gano en euros y que estando en Lima pago en soles. ¡Una pasada! Además tenía ADSL y televisión por cable, cortesía de mi madre, con lo que me pasaba largas horas el fin del semana disfrutando de dibujos animados y películas.

Ahora mismo, fumándome un pucho y con un buen whisky "on the rocks", estoy viendo en CNN de USA una entrevista sobre el futuro del oro. A mi la economía siempre me ha encantado y comparto muchas ideas con el profesor Feteke y la Escuela Austriaca. En eso, para consternación mía, cortan la entrevista para dar un flash de último minuto sobre un incendio de los laboratorios Vaxter en Ucrania.

CAPÍTULO 2

PROBLEMAS EN UCRANIA

Al parecer, nuevamente toca la pelea de otoño entre Rusia y Ucrania con el pretexto del gas natural. Por lo que he podido ver por Frecuencia Latina y Canal 5, a los rusos les ha jodido un poco ver como los ucranianos iban entrando en su territorio. Las noticias son confusas, porque el gobierno ruso ha alejado a los periodistas de la zona y sólo se pueden ver unas imágenes (las mismas en todos los canales) de tanques que van avanzando hacia la frontera con Ucrania.

En una comida con mi tía Maruja, a la que todo lo que le suene en Asia es aladito de Japón, le ha comentado a mi madre que sería conveniente que llamara a mi hermana para ver como esta. Mi hermana y su esposo viven en Tokio, pero por lo que hemos podido conversar por el messenger las cosas allí están muy tranquilas y creo que ven a Rusia más lejos que desde Perú. Yo le he comentado a mi tía que desde hace muchos años, Rusia y Ucrania se pelean por el gas: es la mejor manera que tiene de presionar Rusia a la Unión Europea.

Sobre mi proyecto en Perú, las cosas van sobre ruedas: en este momento he vuelto a la calle Domingo Cueto donde esta la sede de Essalud (la Seguridad Social de Perú), para realizar un diagnóstico de posibilidades de realizar gestiones vía electrónica, es decir, por Internet. Con mi experiencia en "tramites documentarios" en el Congreso de los Diputados en España, dicen que no hay nadie mejor para elaborar los documentos necesarios.

Ultimamente, hay mucho nerviosismo en la tele con Ucrania. Nadie sabe que pasa allí. Lo que al principio parecía una guerra entre Rusia y Ucrania parece que es más una ayuda a la desesperada de Rusia a Ucrania. Ha salido el primer ministro Ruso Vladimir Putin por la tele para decir que hay un brote de no se que enfermedad en Ucrania y por eso se han movilizado los militares rusos: para poder establecer áreas de cuarentena en su frontera con ese país y levantar hospitales de campaña.

Lo raro de todo, es que ha salido por la tele también movimientos de tropas rumanas hacia la frontera con Ucrania. Ucrania ha cerrado su espacio aéreo, sus puertos y todos los países vecinos: Austria, Polonia, Bielorusia y Turquía están enviando tropas a sus fronteras con Ucrania y ayudando con materiales médicos a los campos de refugiados que se están formando de forma natural en los pasos fronterizos, que se han cerrado.

Al parecer, según ha informado Putin, en los laboratorios

Vaxter de Ucrania, se estaba trabajando con una vacuna para lalaga neumónica. Y el incidente de hace un par de semanas en ese aboratorio ha liberado la cepa de la plaga neumónica, lo que ha ocasionado que hayan algunos infectados y que el caos se haya apoderado de ese país. Eso si, ha dicho que no hay peligro y que todo se encuentra bajo control.

La cosa debe de estar jodida, porque Rusia ha pedido el apoyo de la Organización Mundial de la Salud (WHO) para ayudar en la lucha contra la infección que se esta desarrollando en Ucrania. Y según he visto en CNN-USA, la CDC (el Centro de Control de Enfermedades de Estados Unidos, cuya sede está en Atlanta) esta preparando la salida de un grupo de especialistas hacia Turquía para colaborar con las autoridades de ese país. Pero por lo que he podido oír en la Fox, ya saben: ese canal tan poco amigo del Presidente Obama, uno de los especialistas del CDC es un tal doctor Farmer, especialista del CDC en enfermedades muy infecciosas, como el ébola.

CAPÍTULO 3

LA ENFERMEDAD LLEGA A AMÉRICA

Seattle está bajo el control de la FEMA (Agencia Federal para el manejo de Emergencias). Al parecer, 2 médicos del equipo de la CDC que fue a Turquía han regresado infectados y están contagiando a las personas de esa ciudad. La cosa, por lo poco que se puede ver, es bastante grave. Se ve gente caminando sin rumbo por las ciudad mientras que las salidas de la ciudad y en todo el estado están colapsadas. La cosa debe estar jodida, porque Obama a mandado a la Guardia Nacional a que tome el control del estado de Washington y ha elevado el nivel de alerta a Defcon-2 y se ha declarado un toque de queda de 6pm a 6am en ese estado. Además, dado que Oriente Medio se ha convertido en un polvorín por la enfermedad, Obama esta sacando rápidamente a todas las tropas de Irak y Turquía. Las imágenes de los saqueos y tiroteos en ese país son realmente impresionantes. Nadie sabe que pasa y la gente esta atacando desesperadamente los Wall-Mart para abastecerse y refugiarse en casa, siguiendo el consejo que ha dado la FEMA.

En Sudamérica, es Chile el país que tiene el primer caso declarado. Uno de los médicos de la Organización Mundial de la Salud había estado en Ucrania ha vuelto infectado. Ha salido Michelle Bachelet, la presidenta de Chile, con cara de no haber dormido una semana, anunciando las medidas que ha tomado el gobierno chileno: Se ha declarado el estado de emergencia en todo el país.

Obviamente, Perú ha declarado de inmediato el cierre de las fronteras con Chile, se han cancelado los vuelos con origen/destino en ese país. Los jefes de la Región Militar Sur, con sede en Arequipa, serán los encargados de coordinar con Chile la ayuda humanitaria que haga falta. Pese a ser martes, ya he tenido 2 reuniones muy complejas en el trabajo. La primera ha sido una reunión "extraoficial" el lunes con mi jefe, comentándome que todo el equipo de España que estaba en mi proyecto se toman 2 semanas de vacaciones y se vuelven a la península y que querían saber si me iba o me quedaba. Dado que les he dicho que me quedaba en Lima para estar con mis padres, sin querer, me han dejado todo el marrón a mi, y la verdad con tantas noticias y con el miedo que se palpa en el ambiente es muy difícil concentrarse.

La segunda reunión ha sido una reunión muy extraña. Se ha llevado a cabo en una sede en San Borja, por el pentagonito, que yo pensaba que pertenecía al Ministerio de Educación, aunque la reunión la haya solicitado el Ministerio de Transportes y Telecomunicaciones. Yo me había quedado casi sin dormir la noche anterior, preparando los powerpoint y el project con los avances del proyecto, pero la reunión ha sido más teórica que sobre el proyecto. Además, luego de presentarnos todos, he reconocido a 3 personas: 1 ex vice-almirante de la Marina y 2 Generales de la policía nacional con gran prestigio uno es tío mío y el otro es el padre de un compañero de colegio

La pregunta era sencilla: ¿en caso de emergencia, como se pueden mantener las comunicaciones en Perú? Al principio se han puesto a divagar un poco de toda los los canales de comunicación que existen: redes de celular, de radio, redes satelitales, etc. Mi respuesta parece que no les ha gustado nada. Creo que he sido un poco negativo, pero no han podido tampoco rebatirme: sólo me han visto con muy mala cara y han tomado notas. El primer día que me hago cargo de todo, !!!y ya la he jodido!!!

Es domingo y, aunque son la 1 de la tarde, aún no he podido salir de la cama. Sigo melancólico y llorando a ratos por lo terrible de la situación. La noticia que más me ha impactado, ha sido la detonación por parte del gobierno chino de 3 centrales nucleares. La provincia de Jiangxi ha prácticamente desaparecido del mapa debido a la explosión de su central nuclear. Aún no puedo comprender que les ha podido llevar a una masacre de esa naturaleza contra su propia población. Millones de vidas inocentes destruidas y parte del mundo totalmente inhabitable.

La última vez que logre hablar con mi hermana me contaba, con una voz totalmente aterrorizada, que estaban estaban trasladando a la gente a "puntos de seguridad" que nadie sabía donde se encontraban. Al parecer, luego de la primera explosión nuclear en China, Japón había puesto en funcionamiento su protocolo nuclear y estaban evacuando a todo el mundo. Por mi hermana, he sabido que en Tokio ya pasean los infectados por la calle, señal de que Japón también ha caído contagiado. Me habla de disparos y bombas, pero nadie sabe nada porque todos están recluidos en sus casas a la espera de que vayan a recogerles para estar en un sitio seguro. Quién diría que mi tía Maruja tenía razón y que la plaga llegaría finalmente a Japón y toda Asia.

Europa es también un caos. En España, el Rey se ha trasladado a Gran Canarias y desde allí están dirigiendo la supervivencia de España. Sólo logro ver por cable 2 canales españoles: Televisión Española y Antena 3, pero sólo pasan películas salvo por los noticiarios que son muy cortos al medio dia. De Alemania ya no se nada y de Francia, lo que se sabe por imágenes mostradas en EEUU es que hay incendios por todos lados: ¡París y Montpelier tienen incendios que son detectados por los satélites! En Estados Unidos, la FEMA ha vuelto a demostrar su completa inutilidad. Al parecer, sus planes son de puta madre cuando se tienen todos los recursos, pero ante emergencias reales, donde no puedes disponer de todo lo necesario, son realmente patéticos.

El caos se ha asentado en Estados Unidos y Canadá y las regiones del Sur se han autodeclarado en cuarentena: nadie puede ir a Texas o Mississippi. Cualquiera que lo intente, será asesinado. La nota curiosa, es que ahora el norte se escapa hacia el sur por Nuevo México la gente esta pasando a lo loco a México para intentar evitar la a plaga. Y de México, se esta exportando la plaga a todo Centroamérica.

En Sudamérica sólo Argentina, Bolivia y Perú se están salvando, el resto de países se han vuelto un caos y las noticias llegan con cuenta-gotas y desfiguradas. En una guerra que ha durado 3 días, Bolivia ha intentado anexarse Antofagasta. Pero los chilenos han utilizado toda su potencia bélica hasta dejar a Bolivia sumida en la edad media, y una vez han firmado la paz, han vuelto rápidamente a su país para intentar arreglar el caos. Perú rápidamente se declaro neutral en este conflicto, aunque declaro rápidamente que si los soldados chilenos entraban en territorio peruano, serían rápidamente eliminados.
En Perú nos hemos blindado a cal y canto. Nadie puede entrar ni salir del Perú.

La Ley Marcial impera en todo el país y la orden expresa del presidente Alan García es que a todos los infectados, primero matarlos y luego cremarlos. En Lima nos han impuesto el toque de queda desde las 7pm hasta las 6am y tenemos ahora a militares patrullando por todos lados. Ya nadie puede viajar por avión ni barco. Gracias a Dios, mi equipo de España pudo ser evacuado en uno de los últimos vuelos que llegaron a Barajas.

Aunque no tengamos aún la plaga, todos hablan de una peste neumónica. Por todos lados, las noticias que se ven por televisión son de guerra, horror y espanto. Ahora todos los comentaristas de la tele de todo el mundo se han vuelto prácticamente médicos. Ya era un secreto a voces, pero finalmente ha salido el presidente de Essalud, Fernando Barrios, a comentar lo poco que sabían de la plaga: se contagiaba por contacto directo por los infectados, que es una enfermedad altamente contagiosa y que recomendaba a todos quedarse en sus casas.

Por temor a la plaga, se ha empezado a matar, primero en barrios marginales de Lima y luego se ha extendido esta costumbre por todo el país a las mascotas: perros, gatos, cuyes y en general cualquier animal, están siendo sacrificados y luego quemados en la calle. La policía no se da abasto para controlar esta situación.

CAPÍTULO 4

ME RECLUTAN PARA DEFENDER LIMA

El domingo por la noche, he recibido una visita inesperada: mi tío, el que estuvo en la reunión del martes con la gente del Ministerio de Transportes y Comunicaciones ha venido a casa a conversar conmigo. Le acompañaba un general de la Policía, Martín Takana, a quien yo no había reconocido en la reunión, pero que era el padre de uno de mis vecinos. En cuanto mi madre nos ha traído las Inca Kolas de rigor, le he pedido que se una a la reunión, a la que luego se ha unido también mi padre. Según me comentaron, dado que llevaba 1 mes en Perú conociendo al detalle los sistemas de comunicaciones peruanos, mi colaboración con el gobierno pensaban que era indispensable. Además, les había gustado lo que había dicho en la reunión del martes. Me dijeron que había sido algo duro y pragmático, pero que pensaban de forma similar a mi: sin energía, no había forma de mantener las comunicaciones en el Perú. La reunión fue larguísima y la verdad es que intentaron contarme lo que podían y, por mi insistencia, más de lo que deberían haberme contado. Pero al menos supe de forma general los planes que se habían elaborado de emergencia para salvar la situación.

En principio, ya tenían asumido que tarde o temprano Perú estaría lleno de infectados y la idea era tratar de salvar la mayor cantidad de vidas humanas posibles. Se había decidido que los militares se encargasen de la gestión de toda la crisis y la policía se encargara de las cosas diarias, reservando al ejercito sólo para aquellas situaciones de emergencia. Por facilidad, se había decidido mantener el orden existente en las regiones militares, por lo que a mi me reclutaba oficialmente la Región Centro. La centralización que existe en Perú, los ponía muy nerviosos, porque obligaba a tener una estrategia extrema en Lima para intentar que el país no cayese en la ruina, además de que el 35% de la población del Perú vive en este departamento.

En esta reunión, por fin pude obtener alguna información de la enfermedad. Mi parte consciente era incapaz de aceptar lo que me contaban: En los Laboratorios Vaxter, habían estado experimentando con armas biológicas. Dentro de sus experimentos para lograr una auto-regeneración de las heridas que pudiesen sufrir los soldados, habían terminado creando un virus que creaba literalmente zombies: muertos que seguían caminando. Movidos por el hambre, iban detrás de cualquier ser vivo, al que terminaban infectando. La única forma de destruirlos era destruyéndoles la cabeza.

Es curioso, pero durante toda la reunión, todo lo que hablamos lo había tomado como un ejercicio filosófico y no me había involucrado emocionalmente con el hecho de que las decisiones que se tomaran afectaría la vida de millones de personas y la responsabilidad que te da el hecho de que un error de tu parte, significa la muerte de personas. La idea de zombies caminando por el mundo me aterrorizaba hasta el punto de negar su mera posibilidad. Estaba aterrado y, lo peor de todo, no había nada que hacer ¡salvo intentar sobrevivir! Y no es por nada, pero yo no me siento como Milla Jovovich en Resident Evil, peleando para salvar a la humanidad de estos seres.

Aún así, no pude evitar irme con ellos a las 3am camino a la Escuela Naval, en La Punta, para salir a primera hora hacia la Isla de San Lorenzo, sede actual del gobierno de Perú, para mi primera misión: establecer un centro de comunicaciones autónomo y permanente en la isla. Camino a La Punta, pude ver que empezaban a prepararse los controles de carretera en El Callao. El primer punto de control lo tuvimos en la Fortaleza del Real Felipe. El segundo control fue en la parte más angosta de La Punta: donde se encuentra la sede de la SUNAT en Chucuito. Entendí, aunque nadie me lo había dicho, que se estaban estableciendo puntos seguros en la capital.

Me pasé 5 días en la isla San Lorenzo, preparando el centro de comunicaciones centralizado de Perú. En teoría he podido diseñar un centro de comunicaciones autoabastecido energéticamente, gracias a unos paneles solares y acumuladores, que aparecieron al día siguiente de que los pedí (no tengo ni idea de como los han conseguido, pero me los han traído).

Esta ubicado en la zona norte de la isla, en lo alto de unos de los cerros, y aunque cayese la isla, debería poder resistir de forma autónoma, mientras algo no se joda. Además de comunicación por radio, he aprovechado y he dejado montado un servidor DNS para mantener las comunicaciones vía Internet, tal como se había definido inicialmente Arpanet, el proyecto militar que dió origen a la Web. Por lo que he podido comprobar, alguno de esos viejos servidores aún funcionan en EEUU, por lo que aún hay unas pocas webs que funcionan. Y no he podido evitar dejarme un sitio web donde seguir poniendo mi bitácora, por si alguien en el mundo aún puede leerme.

Han aprovechado esos 5 días para recibir una instrucción militar básica mientras mataba el rato. Aunque yo de pequeño había aprendido a disparar con mi tío, nunca me había preocupado de aprender a ponerle el seguro ni cambiar el cargador de un arma. Además voy ahora con uniforme militar, que es mas resistente que mi viejo jean (ya roto). Pero no me han dado un uniforme del ejercito, sino un uniforme azul de la FAP, porque según me han comentado, en mi libreta militar yo figuro en la Fuerza Aérea y no en el ejercito.. !!!el mundo se cae y aquí se fijan en los detalles del papeleo!!! Igual las 3 estrellas de mi casaca significa algo, pero no se, ni he preguntado. Ya me tocará averiguarlo luego.

Apenas he llegado de regreso a la base naval del Callao, he pedido permiso para ir a ver a mis padres. Apenas he llegado de regreso a la base naval del Callao, he pedido permiso para ir a ver a mis padres. Me han comentado en la base que tienen algunos problemas de comunicación con Canta, y que quieren que vaya para allá, pero como son las 6am, me dejan ir a buscar a mis padres primero.

Digo buscar, porque empiezan a delimitarse las zonas seguras en Lima, y no tienen ni idea donde pueden estar. Las redes de telefonía celular ya no funcionan (el ejercito se las ha cogido), pero de momento aún tenemos agua y luz en algunos lugares. Como me envían de "misión oficial", tengo la suerte de poder contar con una camioneta. Además va con nosotros otro vehículo militar con 1 médico y 5 soldados.

Lo primero que he sentido al llegar a Lima ha sido asco. Había un olorcillo de que poco a poco se empezaban a podrir cosas. Cuando lo he comentado, me han dicho que ese olor proviene de las zonas del Callao que se han quedado sin luz y se ha malogrado la comida. Aunque en algunos puntos están quemando la basura (los recoge-basura ya no trabajan), pero cuando viene el viento de la ciudad, se siente ese desagradable olor.

Es un gusto ir por la Av. La Marina y por la Javier Prado sin combis. Como se ha prohibido que la gente se mueva de sus casas (salvo para ir a las zonas seguras), hemos ido a 140Km/hora. ¡Una gozada! Al llegar a casa, y por más que he aporreado la puerta nadie me ha abierto.

Pero gracias a Dios el punto seguro estaba a la espalda, en el parque que está entre la Rosa Toro y Javier Prado. Así que hemos ido y he logrado encontrar a mis padres. Como la cosa esta tranquila, y aún hay luz y agua, les he dicho que mejor vayamos a casa para tomar algo y que me puedan comentar como van las cosas durante mi ausencia. Me han dicho mis padres, que justo ese día habían estado avisando a la gente para que se reúna en el punto seguro.

En principio, le toca allí a la gente que esta desde la Javier Prado a la Av. El Aire. Los que están cruzando la Javier Prado, parece que se los llevan al Pentagonito. Me han comentado que ya nadie puede ir en carro a ningún sitio, los mercados y supermercados han cerrado y que la gente ya sólo tiene la radio para oír noticias. En la tele solo canal 4 y canal 5 pasan películas todo el día, así que ya nadie mira la tele. Están muy preocupados por mi hermano, la última vez que hablaron estaba en Mala, y de mi hermana no tienen noticias. Están con una carita de miedo, que la verdad a mi se me ha partido el alma.

En el punto seguro, el hacinamiento es tremendo y no hay baños suficientes ni medidas higiénicas mínimas para la cantidad de gente que hay. Así que me he ido a hablar con el oficial a cargo del punto seguro para pedirles que mis padres se queden en casa, trancando todo obviamente, y abrirles una puerta que da a la zona segura. Después de decirme que estoy loco y escuchar tranquilamente como me puteaba, le he recordado de lo incomodo de no tener baños ni habitaciones confortables, y le he recordado que todos los materiales que necesitamos están en el Ace Home Center del Jockey Plaza.

Me ha mirado con mala cara, pero finalmente me ha dejado ir a por los materiales que hemos transportado en el camión (Y por la posibilidad de cogerse él la casa de Gigio que está vacía (Gigio es un vecino que vivía a 2 casas de la mía), pero son 3 pisos con habitaciones, baños, etc.. Por suerte, con mis padres estaba el carpintero que lleva toda la vida con ellos.

Le habían llamado para que les arreglara la bomba del pozo de agua (lo que había echo), y ya no puede volver a su casa, así que ya tenemos mano de obra! Me he ido con él y otros 2 soldados, y hemos cargo todo lo que hemos podido: puertas, cemento, y rejas y cosas varias. He dejado todo en en casa de mis padres y los dejo en casa, bien encerrados y con la tranquilidad de que, cuando se vaya la luz, tendrán al menos 2 días más de agua consumiendo normalmente. Les he pedido por favor prudencia, porque en estos casos, la gente suele volverse violenta. El beso de mi madre al despedirse, ha sido único. He tenido que comerme el moco, como dicen en Lima, para que no vean que se me caían las lágrimas. Pero eran ya las 2 pm y teníamos que ir a Canta así que me he dedicado a llorar en la camioneta mientras íbamos rumbo a Carabayllo.

CAPÍTULO 5

LA PRIMERA VEZ QUE VI A UN ZOMBIE

Eran las 3pm y nos encontrábamos ya saliendo de Comas, en la curva llamada "donde mueren los cornudos" (el por qué del nombre, no tengo ni puta idea), donde he aprovechado para sacar una foto satelital de Canta (gracias a Dios, los satélites siguen funcionando). En el camino, hay otro pueblo bastante grande, Santa Rosa de Quives, que está a 1500msnm, pero para llegar a Canta hay que subir hasta los 3mil metros. El camino, va pegado al río Chillón y es una zona en principio agrícola. Antes de llegar a Santa Rosa de Quives, nos hemos encontrado con un camión del ejército, que llevaba verduras frescas a Lima. Hemos hablado con el chofer y nos ha comentado que se ha perdido toda comunicación con Canta y que Santa Rosa de Quives está cerrada a cal y canto.

En Quives hemos parado para hablar con el responsable militar del pueblo. Ha resultado ser un guardia civil, que nos ha comentado que los militares les habían dicho que nadie subiese hacia Canta, que nosotros íbamos en camino. Ellos tampoco tienen noticia de nadie de Canta ni de Pariamarca ni de pueblos de alrededor de Canta.

Sólo han llegado 3 policías desde Araguay sin mayores novedades. Siendo ya las 5:30pm, decidimos quedarnos a dormir esa noche allí y amanecer en Canta.

Salimos a las 6:15am y a las 7am ya nos encontrábamos frente al primer control y vimos... al primer zombie. Yo no lo había reconocido, porque estaba de lado caminando de forma un poco rara que yo había atribuido al frío. De la emoción tuve la genial idea de tocar el claxon de la camioneta. Y cuando volteó a vernos, me quede helado: le faltaba media cara y tenía el brazo descolgado, e iba caminando, de forma lenta pero a la vez rápida, hacia nosotros. Yo me quede helado y no atine a hacer nada. Gracias a dios, había un francotirador, un snipper, en el equipo, que le disparó directamente a la cabeza. No estaba a más de 5 metros y pude ver como el enfermo, zombie o lo que sea, daba 2 pasos antes de caer, ahora si muerto.
Yo nunca había sufrido de soroche (como se le conoce al mal de altura en Perú), pero no se si de la impresión o de la falta de aire debido a la altitud, no pude evitar vomitar. Vomité toda la trucha del desayuno y creo que los tallarines de la noche anterior. Por un momento, me sentí malísimo. El chofer, que se llamaba Sergio, me miró con los ojos como 2 platos: estaba aterrado. En ese entonces no lo supe, pero el snipper estuvo apuntándome a la cabeza porque no sabía si había vomitado porque me había contagiado o por la impresión.

Luego de beber algo de mate de coca me sentí mejor y se

me ocurrió preguntar que deberíamos hacer. Pero había un problema: el que tenía las estrellas en los hombros era yo, y los soldados no estaban acostumbrados a pensar y dar ordenes, sino a obedecer y protegernos a todos el culo. Finalmente, decidí ir a Canta y Obrajillo en busca de supervivientes. Lo que fue mi segundo error del día. Bueno, me estoy adelantando, esto es lo que ocurrió:

Fuimos por la carretera subiendo al pueblo, y lo cierto es que no nos habíamos encontrado a nadie en el camino. Canta era ahora un pueblo fantasma. Paramos un momento en la Plaza de Armas y no había nadie a la vista. Ni vivo ni muerto. Los ojos observadores de los soldados, me mostraron los casquillos de balas por toda la plaza de armas, pero no vimos ningún cadáver. Luego de esperar 5 minutos con los motores encendidos, decidí comunicar esto a la sede central del ejército y que lo mejor era ir a Obrajillo a ver si alguien se había refugiado allí. Así empezamos la subida a Obrajillo. Nos detuvo un control militar justo antes de llegar al pueblo de Obrajillo, al lado del Gran Hotel Obrajillo.

Ahora si vimos varios cadáveres. Amputaciones, desgarramientos. Los cuerpos estaban casi mutilados. Llegó una llamada por radio, que nos ordenaba retirarnos inmediatamente de la zona. Y eso intentamos hacer, pero nos dimos con una sorpresa: de todos lados, iban apareciendo lentamente zombies. Sus cuerpos estaban tan deteriorados por el frío de la sierra limeña como el de los muertos, pero estos caminaban y venían hacia nosotros.

Luego me di cuenta, que el ruido de los motores los habían atraído. Eso, y los disparos que iba haciendo el snipper. El problema es que no sólo venían de Obrajillo, sino que empezaban a salir también de Canta. Fue imposible volver por la misma ruta, porque los zombies se nos iban acercando y los vehículos no estaban preparados para soportar un ataque de zombies. Lo intentamos, pero hubo un momento en que todos tuvimos que abrir fuego, yo también, contra las hordas de zombies que se acercaban. A más de uno le di, pero creo que nunca olvidaré la sensación de dispararle a un niño. Estaba a 2 metros de nosotros, y no tuve otra opción que dispararle a la cabeza. Pude ver como se le abría un boquete en la cabeza, mientras caía al suelo.

Creo que no hay mejor droga que la adrenalina, porque si no fuese por ella habríamos muerto todos allí. Salimos todos, salvo Sergio, indemnes. Sergio tuvo una pelea con un policía-zombie y aunque salió con vida, tuvo unos cuantos rasguños en el brazo. Aunque no tenga el brevete -léase el carnet de conducir-, yo me dedique a conducir el coche mientras Sergio estaba echado en el asiento de atrás. Tuvimos que tomar la otra carretera, la carretera serpenteante que nos llevaba a Lachaqui y Araguay camino a Santa Rosa de Quives.
En Lachaqui no paramos, nuestra meta era llegar rápidamente a Santa Rosa de Quives. Pero en Araguay nos detuvieron. Ningún herido podía seguir adelante. Así que nos quedamos a las afueras de Araguay cuidando a Sergio.

Pero todos estábamos asustados. Veíamos que poco a poco Sergio iba muriendo. Lo cierto es que, por precaución, siempre había un soldado apuntándole. Sobre las 3am me despertaron. Sergio había muerto. No pude evitar acercarme para verle. Le pedí a dos soldados que por favor abrieran una fosa para enterrarle. Cuando me di la vuelta, me lleve un susto de muerte. Su rostro iba cambiando. Las venas se le empezaban a marcar y casi me meo encima cuando vi que su pierna empezaba a moverse. Luego la otra pierna. Poco a poco, Sergio, a quien le había tomado cariño, el que había muerto hace diez minutos, empezaba a despertar. Finalmente, abrió los ojos. Pude ver sus ojos inyectados de sangre, a la luz de la fogata, y su mirada de odio. Fue todo lo que vi antes de que una bala le diese en el centro del frente y Sergio volviese a morir.

Me pasaron una chata de ron (no tengo ni idea como la habían conseguido), así que me dedique a beber para intentar calmarme. No sé en que momento me quede dormido. Cuando desperté, el sol ya había salido y Sergio estaba enterrado. Dado que todos estábamos en teoría sanos, fuimos hacia Santa Rosa de Quives. Necesitaba informar que era imprescindible proteger esta ciudad: si vencían sus defensas, los zombies atacarían Lima por el río Chillón.

CAPÍTULO 6

LA CAIDA DE SANTA ROSA DE QUIVES

Finalmente, no hemos podido resistir en Santa Rosa de Quives ni un solo día. Al llegar por la mañana a Santa Rosa, pedí ayuda al guardia civil que estaba a cargo de la ciudad para poder comunicarme tranquilamente con el ejército. Este nos llevó a la parte de atrás del pueblo, cerca al pozo de los deseos, para poder conversar tranquilamente. Allí le explique la situación: los zombies venían en camino y Canta y Obrajillo habían caído, y los zombies atraídos por el ruido, llegarían pronto. Hablé con el responsable del ejército en el cono norte (de Lima) y les dije que era urgente la evacuación de Quives y aledaños. A regañadientes, me permitió evacuar a Comas a todos los que pudiera antes de que llegaran los primero zombies. En cuanto viésemos a uno, tendríamos que detener la evacuación. Cuando íbamos a preparar la evacuación llegó el primer problema: llegaba gente de Lachaqui huyendo de los zombies. Entre los que huían había heridos y todo, por lo que al final empezamos a tener zombies dentro de la ciudad. La situación se había descontrolado totalmente. Sólo un camión con 20 personas pudo salir a tiempo. De los que nos habíamos quedado, solo 8 logramos salir.

El Tico que iba detrás nuestro, volcó por los zombies y de sus dos ocupantes no se nada. Del resto de las más de mil personas de la ciudad, no tengo ni idea. Algunos se encerraron en la Iglesia de Santa Rosa de Lima, y el resto no lo se. Sólo habían gritos, pánico y los soldados y policías disparando a cualquiera que corriese, ya sea persona sana, infectado o zombie.

La llegada a Carabayllo fue terrible. Aunque no me lo habían comentado, allí se preparaba la resistencia contra los zombies que venían por el río Chillón. Aprovechaban la parte más angosta del río para intentar detenerlos. Lo primero que hicieron fue desnudarnos a todos, para comprobar que no teníamos ninguna herida en el cuerpo, luego de lo cual nos dejaron marchar. Había allí un sargento que me obligó a revivir todo lo ocurrido.

Estaba asustado, desorientado y no sabía que hacer. Les pregunté a los 4 soldados que aún quedaban conmigo de la visita a Canta si querían quedarse allí para defender Lima. Me dijeron que tenían orden de protegerme y que irían conmigo a donde fuese. Sin saber que hacer, con mi radio y mis 4 protectores, fui al único sitio donde me sentido seguro toda la vida: a la casa de mis padres.

CAPÍTULO 7

HUYENDO DE CASA DE MIS PADRES

Lima "la horrible", Lima "la sucia"... ahora Lima "la apestosa". El hedor en Lima ha aumentado notablemente. El calor y la humedad descomponían todo lo orgánico. Me ha costado un poco, pero ya me empiezo a acostumbrar al pestilente olor debido a la falta de limpieza de la ciudad. Ahora mismo, todos están en zonas de seguridad o encerrados en sus casas. La tensión es máxima y, por lo que me he podido enterar, empiezan a llegar los primeros zombies a la ciudad. Se mantiene el toque de queda total desde las 5pm hasta las 7am y nada está abierto: sólo se puede conseguir comida en los puntos seguros o robándola de las tiendas.

Yo he llegado a casa de mis padres destrozado. No he podido evitar echarme a llorar en los brazos de mi madre luego de lo ocurrido en mi viaje a Canta. Sólo he podido echarme una siesta de una hora. Ha llegado a casa el responsable de la zona segura que está detrás de casa de mis padres, con curiosidad de saber que ha pasado y, principalmente, como son los zombies.

Curiosidades de la vida, se ha unido a la conversación una chica del Pentagonito, el que se supone es la última sede del ejército peruano como la Fortaleza del Real Felipe lo es para la Marina de Guerra del Perú y la base de Las Palmas lo es para la FAP.

Les explique lo poco que sabía en ese momento: la resurrección de los muertos es bastante rápida, que parecen torpes, pero a la vez pueden moverse de forma rápida si hace falta y, que atacan a todo lo que se mueve. Las preguntas de la chica, que se llamaba Johana, me sorprendieron. Porque me preguntaba de gran cantidad de detalles y anotaba las cosas que le iba diciendo. Hasta ese momento, no me había dado cuenta de algunos detalles: el frío de la sierra, Canta está a 3500msnm y Obrajillo un poco más alto, no los había detenido, presentaban la piel amoratada, no sé si del frío pero morada en algunas zonas, el rigor mortis no afectaba a los que resucitaban y que el virus se había transmitido al pobre Sergio por una herida. La cantidad de preguntas y detalles que me preguntaba Johana eran tales, que en algunos momentos me sentía abrumado: quería decirle más cosas, pero es imposible fijarte en los detalles cuando estas escapando para salvar el culo.

Tal como le conté a Johana, las balas, salvo que fuesen a la cabeza, sólo los detenía momentáneamente, pero no sangraban. Otro detalle curioso fue el no escucharles ni una palabra. Sólo gemidos. ero lo que daba miedo de verdad, era la ira que tenía, ese deseo incontrolable por intentar hacer daño a los que estaban sanos.

Un disparo nos cortó la conversación: los zombies empezaban a acercarse a la Zona Segura de Rosa Toro con Javier Prado. Inmediatamente, Johana recordó que tenía orden de trasladarnos al Real Felipe y preparamos la marcha. Mi madre tenía una maleta lista con cosas básicas "de mujeres", que subimos a la camioneta en la que pensábamos escapar. Mientras un soldado se encargaba de cerrar a cal y canto la casa de mis padres, le dí una última mirada antes de perderla de vista ya que pensábamos ir por Bayletti hasta San Luis y coger allí la Javier Prado. La idea que teníamos era ir por avenidas principales para evitarnos cualquier tipo de sorpresa. Pero justo antes de llegar a la vía expresa nos dimos cuenta del error. Justo delante nuestro había un choque múltiple con 4 carros (coches) estrellados y zombies alrededor.

Tuvimos que cruzar la berma de la Javier Prado de retro para poder escapar. Pero la camioneta en la que iban los 4 soldados que me habían acompañado a Canta y los 2 que acompañaban a Johana no soportó y se les rompió la dirección. Tuvieron el tiempo justo para llegar hasta nuestra camioneta y salimos cueteados hacia El Pentagonito. El único lugar, según Johana, donde podríamos estar a salvo. Siguiendo con la idea de ir por avenidas grandes, fuimos por la Javier Prado hasta el trébol y entramos en la panamericana sur, para coger el desvío que lleva al Pentagonito. Nos llevaron escoltados a una zona de cuarentena que, según pude averiguar después, había creado Johana para los que entraran al Pentagonito cuando hubiesen zombies en Lima.

Así fue como el Pentagonito se convirtió en nuestro hogar-prisión: un sitio del cual no podíamos escapar porque los zombies ya habían invadido Lima.

CAPÍTULO 8

HUYENDO AL HOSPITAL REBAGLIATTI

Al llegar al Pentagonito, estuvimos en la zona de cuarentena que habían creado. Los que estábamos en cuarentena, teníamos la opción de salir a ayudar a otras zonas seguras por lo que yo decidí unirme a los grupos que salían regularmente. Durante los primeros días, nuestra misión fue llevarles alimentos y evacuar las zonas más débiles.

El gran problema que había era que la falta de alimentos y agua potable. Lima es una ciudad rodeada de desiertos donde ya no hay cultivos y todo tiene que venir a la capital por barco o carreteras, por lo que la gente hambrienta en las zonas seguras salían buscando sitios que saquear para conseguir comida. El grupo de personas de la zona segura de Rosa Toro con la Javier Prado, fue el primero, y único, que movilizamos. Habían resistido una semana, pero ya era imposible que resistiesen mucho más, por lo cual decidimos sacarlos y llevárnoslos a la zona segura del Hospital Rebagliatti. Al menos allí tendrían alimentos y agua caliente, que se había convertido en un verdadero lujo.

Debido a mi anterior experiencia por la Javier Prado esta vez decidí, por "mi nivel" me habían puesto a cargo de la evacuación, ir por la Avenida Canadá, y coger la Av. Arenales para llegar a Domingo Cueto y entrar por la patio que está entre el edificio de Arenales y Domingo Cueto, que era la puerta en la que me comentaron que nos estaban esperando. Íbamos avanzando no muy rápido, para evitar que un choque con algún zombie nos causara problemas. Durante la primera parte del trayecto, ir recto por toda la Av. Canadá hasta llegar a la Av. Arenales, no hubieron incidentes. Estábamos todos contentos y salvo algún ocasional zombie que veíamos lejos de nosotros, no hubo ningún incidente.

Ver el viejo edificio de la Seguridad Social que nunca se terminó, nos había levantado el ánimo a todos. Pero llegando al Centro Comercial Arenales, escuchamos los primeros disparos. Parecía que un grupo de soldados estaba disparando hacia el centro comercial. No sabíamos el motivo. Pero el ruido estaba atrayendo a gran cantidad de zombies de los alrededores. Y para colmo de males, teníamos el camino bloqueado por los carros de los soldados y estábamos a sólo 3 cuadras de nuestro destino.

Nos detuvieron y, encañonándonos, nos hicieron bajar de los vehículos. No me quedó otra opción que presentarme como el responsable y explicarles que estaba evacuando a un grupo de civiles al Rebagliatti. Mientras conversábamos, intentando yo que nos dejaran marchar de una puñetera vez, uno de los soldados que me acompañaba, se llamaba nombre Jaime Huamán y era uno de los que me había acompañado a Canta, le pidió al otro que se identificara. En ese instante caímos en que no eran soldados sino gente que, acostumbrada a llevar armas, habían decidido resistir por su cuenta y riesgo a los zombies.

Poco a poco, iban llegando cada vez más zombies. Dejamos a la gente en el centro de un círculo que formamos con los carros para protegernos de los zombies mientras todos los que teníamos armas empezamos a disparar para salvar la vida. Era imposible resistir a un goteo constante de zombies. Nos estábamos quedando sin balas y empezaba a ver el miedo en la cara de los tipos que nos habían detenido. Y la verdad, ya sólo nos quedaba una opción: intentar correr hacia el Rebagliatti.

Sólo eran 3 cuadras, pero me parecieron 30 kilómetros. Era imposible avanzar con la suficiente rapidez para evitar que los zombies nos cayesen encima. Yo me había quedado un poco rezagado, intentando animar a la gente. Pero todos tenían el corazón en la boca. Además, el grupo de adelante nos había sacado mucha ventaja, y al final ocurrió lo inevitable: teníamos zombies por delante y por detrás. Eso nos obligo a desviarnos por la calle Manuel Gomez y subir hacia el Rebagliatti por Mariscal Miller.

En Mariscal Miller tuvimos que defendernos con los palos

y piedras que encontramos, porque ya nos habíamos quedado sin balas. Si sigo vivo, es gracias a la ayuda de Jaime Huamán. Porque en mitad de pelea, un zombie se me tiró encima y caímos los 2 al suelo. Aunque le tenía sujeto de las manos, y gracias a la casaca que tenía no sufrí arañazos, ya no podía casi evitar los mordiscos. En ese instante, vino Jaime y lo cogió de la cintura y lo lanzó a un lado. Y le rompió un palo en la cabeza, por lo que el zombie volvió a morir.

De las 20 personas que habíamos cogido ese camino, ya sólo 8 seguíamos de pie. Increíblemente, terminaron salvándonos los tipos del Centro Comercial. Al final, entramos 50 personas en el Hospital Rebagliatti y nos quedamos en el patio, mientras nos desnudaban para revisar que no tuviésemos heridas y pasar el obligado periodo de cuarentena.

Ha sido como una película de terror, sólo que que real. Me pregunto, qué habrá pasado con los más de 8 millones de personas que vivían en Lima y Callao. ¿Cuánta gente se habrá transformado en zombie?. ¿Sobrevivirá la raza humana a esto? La verdad es que después del horror que he pasado estas semanas, estoy muy melancólico y terriblemente desanimado.

Aunque parezca increíble, llevo 6 meses en Lima y más de 4 desde que empezó esta mierda de los zombies. Ya ha pasado el verano y los pocos sobrevivientes estamos como el cielo de Lima: con el ánimo totalmente gris. Al menos, sé que mis padres siguen vivos en el Pentagonito, y mi abuela se ha encargado de reclutar a los niños que hay allí y están cultivando papas, ají, tomates y lo que pueden para sobrevivir. Eso les permite tener de vez en cuando alimentos frescos.

Mi situación es un poco más caótica: El Hospital Rebagliati finalmente cayó en manos de los zombies. Sin darnos cuenta, una de las supervivientes del hospital era una portadora. No presentaba ningún síntoma visible, pero llevaba la infección por dentro. Antes de eso, nunca habíamos visto una situación similar, pero este hecho me hizo recordar esa leyenda urbana de que siempre habría gente que sobreviviría a una infección en particular ya se en forma de portadora o de persona inmune.

Lo que ocurrió en el Hospital fue lo siguiente: todos los recién llegados pasábamos el riguroso proceso de cuarentena que duraba un mes. La primera semana de la cuarentena de los últimos que se habían refugiado en el Hospital había pasado sin ningún incidente. Por lo cual, las medidas de seguridad se habían empezado a relajar. Seguíamos viendo zombies fuera del hospital, pero dentro nos sentíamos de alguna forma totalmente seguros.Ese fue nuestro error. Uno de los chicos que estaba en la cuarentena, la verdad es que nunca supe como se llamaba, se cortó con unas hojas con las que estaba jugando. Y María, así se llamaba la portadora, al ver la gota de sangre en el dedo del chico se puso muy nerviosa. Se acerco a verle la mano, y no pudo evitar lamerle la herida. Al parecer, de esta forma contagió al chico, que murió y volvió a resucitar en la noche sin que nos diésemos cuenta. En ese instante, ya teníamos 2 zombies dentro y fue imposible parar la infección.

Yo, normalmente, dormía con los zapatos puestos porque no sabía que podía pasar en cualquier momento. Pero tengo que reconocer que esa noche no había tomado esa precaución y tenía los zapatos cerca de mi cama. Y eso fue lo que nos salvó a Jaime y a mi. Porque cuando el chico entró donde dormíamos, pude tirar un zapato a la pared y el ruido le distrajo el tiempo suficiente como para poder dispararle. Gracias a Dios, los militares teníamos el privilegio de mantener nuestras armas en la zona de cuarentena. Ese disparo despertó a todos y quedó claro que había infectados en la zona de cuarentena. Algunos intentaron refugiarse en el Hospital y desconozco lo que les ha podido pasar, pero realmente no guardo muchas esperanzas.

Nosotros intentamos lo mismo, pero desde el hospital le disparaban a todo lo que se moviese, sea vivo o muerto, por lo cual sólo nos quedó un refugio: el edificio de Domingo Cueto de Essalud. Por mi trabajo, conocía los distintos pasadizos para poder entrar desde la zona del Hospital Rebagliati al edificio de Essalud. Y sabíamos que habían protegido muy bien el edificio, así que era difícil que los zombies hubiesen entrado. Así que Jaime y yo empezamos a ir hacia allí. Y algunos médicos de la zona de cuarentena y una monja que habíamos rescatado de Rosa Toro también nos siguió.

Somos 30 personas las que nos hemos quedado atrapadas en el edificio de Essalud de Domingo Cueto. Podemos disfrutar de todas las plantas salvo el primer piso, dado que tuvimos que bloquearlo completamente para asegurar nuestra supervivencia. Sigo teniendo a Jaime Huamán a mi lado, y la verdad es que nos hemos hecho grandes amigos. Además, la monja es una personas maravillosa y me esta ayudando muchísimo al mantener mi mente en su sitio. Aunque no tenemos agua caliente, tenemos provisiones para sobrevivir como un año. Y tampoco nos falta agua, aunque ya no disfrutamos de agua caliente.

Aunque había perdido mi radio de onda corta en la huida, en la 5ta planta, al lado de la Gerencia de Adquisiciones, estaban los equipos de radio que siempre tenía Essalud para los empleados que necesitasen. Gracias a esas radios, pudimos tener contacto con el Pentagonito y con la Base Naval del Callao que era lo único en Lima que mantenían comunicación. La Isla San Lorenzo también había soportado la primera oleada, pero habían cerrado la isla para todo el mundo: de momento, nadie podía ir a aquella isla.

Otra cosa que me enteré es que la batalla en el Callao

fue terrible. Como consecuencia de esta batalla, Perú tiene una nueva isla: La Punta, porque hubieron tales destrozos en la Plaza Gálvez y en el Club Regatas la Unión, que finalmente ha quedado sepultada bajo el mar, y ahora La Punta, ya no se comunica por tierra con el Callao. De la Fortaleza del Real Felipe no hay noticias, pero al parecer tenían órdenes de no dejar entrar a nadie así que se supone que deben haber sobrevivientes. Pero al no tener energía, no hay forma de contactar con ellos.

De la sierra, no hay noticias de Puno ni de Cuzco ni de Arequipa ni de Ayacucho ni de Huaraz ni de Cajamarca. Sólo sabemos que hay sobrevivientes en Huancavelica. Pero tenemos confirmación de que hay zombies por toda la sierra de Perú. De la selva, las principales ciudades han caído, pero del resto de pequeños poblados no hay noticias.

Los zombies siguen pareciendo inmortales: de momento siguen caminando aunque no coman ni beban agua. Y aunque no parecen sufrir enfermedad ni hambre, hemos podido ver como les afecta las condiciones ambientales. Los zombies que se habían quedado en la calle todo el verano, se han deshidratado completamente y muchos ya no pueden ni caminar. De Huancavelica, hay noticias de que el frío también hace estrago en los zombies. Así que ya sabemos que el frío y el calor, además de las balas, son nuestros aliados. Ya casi no tenemos municiones, y sólo nos queda seguir esperando a ver si sobrevivimos nosotros, o sobreviven ellos.

CAPÍTULO 9

NOS VAMOS DE ESSALUD

Una mañana, ha dejado de subir agua al quinto piso. No hubo ningún ruido extraño. Simplemente, el agua dejo de subir. Y estamos todos asustados. Rápidamente hemos bajado hasta la tercera planta, que es la planta más baja donde aún podemos llegar sin muchos problemas y estamos igual de jodidos: no hay agua. Sólo nos quedan unos 3 litros y somos 30 personas, así que estamos viendo que opciones tenemos para poder escapar, porque no creo que podamos soportar un día mas allí. Había sido una negligencia por nuestra parte no almacenar agua: al principio sí lo hacíamos, pero luego de 6 meses, habíamos perdido esa costumbre. Y ahora tendríamos que salir de allí a la desesperada y sin tener una idea clara de a donde ir.

Sólo podíamos intentar salir a la calle y huir a un sitio donde podamos sobrevivir, para lo cual tendríamos que ir rompiendo las defensas que habíamos puesto en las escaleras. El ir rompiendo nuestras defensas tenía un problema: nos quedábamos a merced de cualquier zombie que estuviese en el edificio. Pero no teníamos más remedio. Pronto la sed y el hambre, o la preocupación por nuestra situación, haría que cometiéramos alguna y terminaríamos siendo comida para no-muertos. Cuando comentamos nuestra situación por radio, nos dijeron que podríamos dirigirnos hacia el Pentagonito. Y que si no lo conseguíamos, fuésemos hacia la fortaleza del Real Felipe en el Callao. De zonas peligrosas, nos han dicho que el cono norte y Villa el Salvador-Villa María del Triunfo eran lugares poco recomendables.

Lo primero fue ir quitando poco a poco los escritorios, sillas y lo que encontramos para taponar las escaleras que dan al segundo piso intentando hacer el menor ruido posible y, además, intentando no deshidratarnos excesivamente -vamos, sin sudar demasiado. Nuestra idea era llegar a la puerta de Domingo Cueto por las escaleras y ver como escapar. Y mientras un grupo nos dedicábamos a eso, el resto iba preparando aquellas cosas que consideraban íbamos a necesitar en nuestra huida: agua, las baterías de las radios cargadas, etc. Luego de dos horas, logramos al fin llegar al segundo piso.

En grupos de a tres, revisamos el segundo piso. Queríamos asegurarnos de que no aparecería un indeseable mientras estábamos ocupados intentando bajar al primer piso, donde hacía meses que no íbamos y donde, en teoría, había un zombie. En este caso, el bloqueo de la escalera no se había hecho tan a consciencia y, al final, tuvimos un apoyo inesperado: nuestro vecino el zombie del primer piso.

Porque al sentir el ruido del inicio del desescombro de la escalera, se acercó a investigar y fue vernos y alocarse. Los zombies son muy curiosos y, por lo que he podido ver en este tiempo, siempre van a buscar cualquier ruido que escuchan - parecen tener un oído muy fino. Cuando están tranquilos (y no ven comida cerca) arrastran los pies con la mirada perdida y caminan como sin rumbo. Pero una vez que ven a una posible víctima (sea humano y/o animal) cambian totalmente: la cabeza se vuelve inmediatamente en la dirección de la víctima. Ponen la boca lista para morder y, lo peor, empiezan a emitir ese extraño sonido que les sale del pecho, como si fuera un gemido; el más triste y angustioso gemido que puede emitir el cuerpo humano.

Nuestro vecino el zombie empezó a golpear y romper de forma desesperada lo que cubría la escalera. Se hacía daño, pero daba igual: quería morder nuestros cuellos, quería probar sangre humana. Al principio estuvimos todos muy asustados y estuvimos a punto de dispararle, pero al final dejamos que nos ayudara un poco ya que no podría atacarnos antes de quitar todo el escombro de la escalera y preferíamos aún no utilizar ningún arma para que no nos escucharan. Antes de poder matar al zombie con un palazo en la cabeza pasaron dos horas: dos horas en las que estuve a punto de volverme loco por ese gemido.

Que tranquilidad fue quitar esos últimos restos sin

escuchar el gemido del zombie. Y, eso sí, antes de seguir nos dedicamos a revisar a consciencia el primer piso, para evitar sorpresas y que pudiesen bajar todos a la primera planta para emprender una rápida huida. La revisión del primer piso nos mostró el vehículo en el que escaparíamos: uno de los autobuses que se utilizaban para las donaciones de sangre. En teoría, la llave estaría puesta en el autobús o estaría colgada en la garita de control de los vehículos con un llavero que llevaba impreso el número de la placa. Pero también nos mostró que nuestros enemigos estaban en los alrededores, como paseando, como si estuviesen esperando a que saliésemos para devorarnos. Además, no sabíamos a lo que nos enfrentaríamos cuando intentásemos llegar al autobús. En teoría, estaba toda la zona de abajo y el estacionamiento lleno de zombies. Y teníamos que pasar 30 personas sin que nos detectaran hasta subir al autobús. Porque una vez que el autobús arrancara y sonara el motor, todos los zombies de alrededor irían a buscarnos. Y tendríamos que salir por la puerta de Arenales, para llegar rápidamente al autobús. Con lo cual, los zombies que estaban en la calle, aunque no podrían atacarnos por las rejas que vimos que aún estaban en su sitio, empezarían a emitir ese gemido lastimero que termina atrayendo a todos los demás.

Los que había preparado las cosas que deberíamos llevar, se habían dedicado a consciencia. Habían llenado varias mochilas con comida liofilizada, la poca agua que nos quedaba, la radio, las baterías, linternas, y no se cuantas cosas más. Aquí fue donde me di cuenta que el concepto de "indispensable" era muy relativo. Porque iba a ser imposible cargar con todo eso al autobús y escapar. Así que al final solo llevamos el agua, dos radios, linternas y un sobre de sopa para cada uno. El bajar a la primera planta, todos juntos y en silencio nos salió genial: ningún zombie se enteró de nuestra presencia. Jaime, este chico se merecía al menos tres medallas, fue el encargado de ir a buscar la lleve del autobús, acompañado por uno de los médicos que estaba con nosotros. No se como, pero la cosa es que finalmente estábamos todos llegando al autobús cuando sonó la radio. ¡Mierda! Ese sonido como con interferencia y una voz femenina, la voz de Johana que llamaba para preguntarnos como íbamos, empezó a sonar a todo volumen (o al menos eso me pareció a mi). No tengo ni idea de cuantas ojos empezaron a verme, pero por un momento me sentí como el último caramelo en un kindergarden. Todos los zombies que nos veían, a la vez, empezaron a gemir y a venir hacia nosotros. Y el gemido termino alertando al resto de zombies de alrededor. Los de fuera no pudieron entrar por la reja, pero por los pasadizos del edificio de Arenales, empezaron a salir zombies de todos los tamaños. Y empezamos a disparar.

Al principio nos fue bien, porque eran pocos zombies dentro. ¡Y Jaime que no aparecía! Pero cuando empezaron a llegar más, fue imposible el contenerlos. Estuve a punto de decirle al grupo que fuésemos al edificio otra vez, cuando apareció Jaime disparando y ayudando al doctor que le había acompañado a caminar, al parecer herido. En nuestra zona de defensa, hubo un chico que fue arañado por uno de los zombies y el resto logramos subir al autobús sanos y salvos. Además, una señora mayor, el típico retrato de una abuela, terminó sufriendo un infarto en el autobús, cuando empezábamos a huir.

Yo me puse de copiloto, intentando tranquilizar a Jaime para que avanzara despacio contra la reja, y contra los zombies. Porque la idea era atravesar la reja con el autobús, pero sin romperlo. Nos costó un poco, pero finalmente la reja cedió y estuvimos en la Av. Arenales. Recordando que estaba cortada por nuestro convoy anterior, le dije que cogiese la Av. Arequipa y fuese hacia San Borja por la Javier Prado. Nunca intenten escapar en un autobús: es una mierda de vehículo. Poco maniobrable, no es precisamente rápido, traga gasolina que da gusto y hace un ruido, capaz de atraer a zombies a varios kilómetros de distancia. Pero al menos, cumplió su función: nos protegió de los zombies y pudimos salir de nuestro escondite.

Nuestra primera sorpresa, fue encontrar que estaba bloqueada la Arequipa, por lo que tuvimos que coger la Av. Petit Tours. Y yo estaba que me cagaba del miedo. Menos mal que cuando llegamos a la Javier Prado, me pude relajar un poco. Pero nuestros problemas no habían hecho más que empezar.

Los vehículos accidentados, que gracias a Dios no eran tantos, nos demoraban porque Jaime tenía que maniobrar con el autobús. Y esta demora hacía que los zombies que se encontraban cerca se acercaran, mirándonos como comida enlatada mientras gemían y golpeaban el autobús. Intentamos coger el Pentagonito por la Panamericana Sur como lo había hecho antes. Pero las cosas habían cambiado mucho durante los más de 6 meses que estuvimos fuera. El camino estaba destruido, había boquetes de bombas o misiles o yo que sé que hacía intransitable esa ruta justo antes de llegar al Pentagonito. Y zombies por todos lados. Por lo que tuvimos que empezar a retroceder lentamente hasta llegar nuevamente a la Carretera Panamericana para ir por la Primavera y la Av. San Luis para coger la Av. San Borja Norte a la entrada principal del Pentagonito. Fueron 15 largos minutos, porque los zombies estaban pegados al autobús y no queríamos darles con fuerza. No por cuidarlos, sino por no romper el autobús. Fue una experiencia muy curiosa. Porque un chico de unos 12 años se había puesto al lado de mi ventanilla y se pasó los 15 minutos golpeando con la mano el autobús. Cuando finalmente íbamos a llegar a la Av. Primavera, vemos que el puente ha caído, y que por el otro carril, podemos seguir avanzando hacia el sur...

Así estábamos: 1 cadáver y 2 heridos, posiblemente infectados con el virus de los zombies, junto a otras 27 personas sanas que luchaban por sobrevivir. Sin rumbo, camino hacia el sur...

CAPÍTULO 10

ESCAPANDO HACIA EL SUR

Estábamos en la Panamericana Sur, rumbos al sur. Habíamos conseguido, con mucha dificultad, pasar la Av. Primavera pero queríamos voltear hacia la derecha, para acercarnos al Pentagonito, pese a que estábamos en el carril izquierdo (el de entrada a Lima, pero en sentido contrario). Al ver la imposibilidad de cruzar por la berma de la Panamericana, intentamos entrar un poco en Valle Hermoso para poder girar y coger Velasco Astete para volver a San Borja y a nuestra salvación: el Pentagonito. Pero cada vez que salíamos de la Panamericana para intentar girar, nos encontrábamos con una cantidad alucinante de zombies que venían a por nosotros y teníamos que ir muy lento hasta poder regresar a la Panamericana y poder acelerar y dejarles atrás.

Casi llegando a la Calle Cerro Lindo de Vallermoso por la pista auxiliar de la Panamericana Sur, nos sorprendió un gran número de zombies que empezó a zarandear el autobús. Le pedí a Jaime que disminuyese la velocidad, para evitar problemas, cuando sonó un disparo. Y luego otro, y otro. Al parecer, en aquella zona había mas gente que había sobrevivido ¡y nos estaba ayudando!

Nos abrieron paso a punta de balas hasta llegar al Colegio La Inmaculada. Me pareció increíble volver a entrar al Colegio La Inmaculada. No pude evitar casi soñar y empezar a recordar todos los rincones del colegio. En mi época de colegial, había ido con amigos míos que estudiaban en ese colegio, además de las veces que competíamos Inmaculada vs Holy Trinity. Este gran colegio fue fundado por los jesuitas y ha tenido alumnos muy destacados en Perú como el ex-entrenador de la selección de futbol Chemo del Solar así como varios ex-ministros, y me lo conocía muy bien. Eran 32 hectáreas que serían suficientes para mantener a unos cientos de personas. Por lo que me sentí muy tranquilo.

Lo primero que hicieron fue ver si estábamos sanos todos. Y aquí empezó nuestro problema. Porque teníamos 1 cadáver y 2 heridos. Al muerto, le cortaron la cabeza y se la aplastaron sin ningún miramiento (a mi aún me afectaba esas cosas, porque en el fondo habíamos sido unos afortunados sobreviviendo en la sede de Essalud). A los heridos, le dieron dos opciones: o recibir un tiro en la cabeza, para evitar ser zombies, o les dejaban salir del colegio pero por el muro del cerro. Con todo el estrés del momento, el médico herido intentó hacerse con un arma para que no le mataran y termino recibiendo no se cuantos disparos. Luego de lo cual le cortaron la cabeza también. Mientras eso pasaba, el chico con los arañazos en el brazo terminó echándose boca abajo contra el suelo y eso le salvó. Y le acompañaron hasta el cerro, y saltó el muro y se perdió por el cerro que hay detrás del colegio. Imagino que eso significa que hay otro zombie en la ciudad. Verle la cara al saltar el muro, fue muy triste.

A los veintisiete sanos nos encerraron esposados contra la pared en el edificio administrativo que está frente al mini-zoo del colegio. Y vimos como descargaban del autobús todas nuestras armas, comida, agua, etc. Durante una semana, sólo nos dieron una comida al día. Y antes de darnos algo nos hacían hablar, para saber que no éramos zombies. Pese a la amabilidad con la que nos trataban, había en el ambiente algo que indicaba que las cosas no iban bien. Pero durante esa semana la verdad que nadie se preocupó y sólo estábamos felices de haber escapado del edificio de Essalud y que podríamos sobrevivir.

La siguiente semana, empezó a ocurrir algo curioso. Empezaron a preguntarnos que éramos, que hacíamos, etc. Y fuimos poco a poco saliendo de la cuarentena. O al menos eso creíamos nosotros. Los primeros en salir del edificio fue una pareja de "adultos-mayores" porque querían integrarles en los trabajos de la comunidad. Luego, salió la monja que había sido nuestra guía espiritual, y así fueron saliendo uno a uno hasta que quedamos sólo 10 personas en el edificio. Y fue cuando descubrimos la verdad: las otras personas, mayores y sin un oficio que sirviese para la situación actual había sido asesinadas.

Jaime y yo, por nuestra experiencia en combate, seriamos asignados a los equipos que se encargaban de recolectar fuera del colegio todo lo necesario para sobrevivir. Esto nos conmocionó a todos, e intentamos asimilar lo que nos había pasado: esta gente nos había salvado sólo porque pensaban que llevábamos medicinas y comida. Pero en vista de que no teníamos nada de eso, sólo estaban dejando sobrevivir a aquellos que les podían ayudar a sobrevivir. El resto era una pesada carga que no pensaban cargar. Charlie, el único médico que quedaba con nosotros de nuestra fuga del Hospital Rebagliatti, se negó a unirse a esta gente por lo cual lo mantuvieron con las esposas encerrado. El resto, sin saber lo que significaba, simplemente nos dejamos guiar porque aún no éramos conscientes del todo de la situación.

Pese a todo, no podía entenderlo. Si éramos seres humanos en peligro de extinción por una horda de zombies ¿cómo podíamos estarnos matando entre nosotros? Fue entonces cuando comprendí que una situación de esta naturaleza destruye parte de nuestra alma, y nos vemos obligados a sobrevivir como mejor podamos. Y todo vale para asegurar nuestra supervivencia. Y así descubrí que en estos momentos tan duros, el peor enemigo de los humanos somos los propios seres humanos...

INDICE

www.ingramcontent.com/pod-product-compliance
Lightning Source LLC
Chambersburg PA
CBHW071217130626
46555CB00004B/1749